Native language

诗集

乡语

朱炳仁⊙著

人民出版社

洛钟东应

余光中

《世说新语》文学篇，注引《东方朔传》曰：孝武皇帝时，未央宫前殿钟无故自鸣，三日三夜不止。诏问太史待诏王朔，朔言恐有兵气。更问东方朔，朔曰："臣闻铜者山之子，山者铜之母，以阴阳气类言之，子母相感，山恐有崩弛者，故钟先鸣。"三日后，果然南郡山崩二十余里。今日乃有成语，"铜山西崩，洛钟东应。"

这一本《乡语》是朱炳仁先生继《云彩》之后的又一诗集，比前一本显有进境。朱炳仁先生久有铜雕大师之誉，他的名字似乎冥冥之中也含了预言：炳者，以铜付火，仁者，乐山之人。铜山西崩乃有洛钟东应。他的诗，正是铜山融解的钟应。

朱先生在本书的《自序》中暗寓讽谏大义，并改谪仙名句"不敢高声语，恐惊天上人。"为"不妨高声语，或惊天上人。"换了两个字，用意就更深一层了。本书颇多感慨时局的主题，正如古人作诗，常将时空背景推远一些，保持美感距离，淡化评论热力。所以典故与用事不少，不过孔子、老子、墨子、庄子、秋瑾、岳飞等等天下皆知其人其事，并非僻典冷喻，因此美感距离也不致失之太远。

本书纳诗六十首，有些令人感慨，有些又令人会心莞尔，联想丰富，语气活泼多元。多元若是失控，就免不了"杂"。时而雅致，时而俚俗，时而像地方戏台词，时而又像不合格律之七绝，令读者要不断换气，朱先生若要更上一层，就得更下功夫，俾能调整雅俗，融会古今。以朱大师之阅历与匠心，想必能将语言之矿与铜之语言共冶于一炉。

再说铜雕大师的诗

我好几次说过，铜雕大师的诗，天然的带有铜的色泽。

我在他的第一本诗集《云彩》的跋文中就是这样说的，他"与铜共舞以及与诗共舞，其展开的艺术节奏、调制的声色元素、抒情的浓烈程度，其实都是一致的"。我还说："只感觉他把诗意、禅意、种种自我的心意、情意，一股脑儿都拌入他的冶铜炉子了，而出来的东西，还真有那么一点玲珑剔透。"

铜这种金属，是有思想的。无论是作为简单实用的民生器皿，还是作为互相攫取性命的炮弹子弹，抑或是被工艺大师压延雕琢成玲珑剔透的艺术品，铜都在说话，说着各种各样的很见深度的话。思想就是铜的光泽。在我游走于朱炳仁大师的篇章之时，总是能相逢这种光泽，并且一步步走向纵深。

这一年来，我读过朱炳仁不少诗作。我觉得，无论是国内外时事、社会热点、感情冷暖、艺术事件，都能在刹那间激发他的灵感，使他那双雕琢铜件的双手顿时转来雕琢诗句，字里行间都是金光闪闪的铜粉。所以，朱炳仁的诗总是不乏思想，他总是要把他的所悟，直接或者曲折地告诉读者，就像世上所有的铜制品都要顽强地说话一样，当然我这里不光是指铜锣。

同时，铜这种金属，身段是最软的，具有最大的压延性和伸展性。我说朱炳仁的诗有铜的色泽，也是指他在雕琢诗歌的时候，能注意到采用多种艺术语汇，尽量让他的作品通过他自己独到的压延、锻打、雕缕而生动起来。多种艺术表现手法使朱炳仁的诗作具有了质感。

当然，我不是说这位惊动世界的铜雕艺术大师的诗作都像西子湖畔的新雷峰塔，或者像台湾中台禅寺里的同源桥那样浑身金光灿烂，我是说，朱炳仁能坚持把自己铜雕的心得，也就是说，把他的说话的铜和舞蹈的铜，都尽量熔入他的诗句，让他的作品总是带着一种无法磨灭的光泽。

最起码，有了这种光泽，诗就成为了诗。

《毛诗》序"在心为志，发言为诗"。我去年六月写有一首诗，《最危险的时候》。半年后习近平同志走访民主党派中央和全国工商联，重提毛泽东和黄炎培关于历史周期律的谈话。2013年年初黄炎培之子、友人、著名学者黄方毅来访，特别向我赠送了其新作《黄炎培与毛泽东周期率对话——忆父文集》一书。书述：1947 年，黄炎培到延安考察，与毛泽东窑洞对谈，中国的各大王朝都摆脱不了前兴后衰，兴亡轮回的周期率，"其兴也渤焉，其亡也忽焉"。

周期率是自然规律不可抗乎？《老子》曰："寂兮寥兮，独立不改，周行而不殆，可以为天下母"。作为写诗作铜的人不必去探索这种高深的政治理论，然而当今朝乾夕惕、宵衣旰食罕有；

政怠宦成、求荣取辱遍及。最危险的时候，是知其周期率，而不识周期率。知其"兴也浡焉"，而不识其"亡也忽焉"。不仅一人、一家、一党、一国如此，乃至人类或亦如此。我在本集中另一小诗《在路上》，亦借以忧之。香港友人陆宁提议本诗集名，以其中一诗《最危险的时候》命之，也见其拳拳之心。苍天或许会死，诗却永远不会死。

古诗又云："危楼高百尺，手可摘星辰。不敢高声语，恐惊天上人"。我说，既写诗发言，不妨高声语，或惊天上人。

朱炳仁
二〇一三年七月十七日晨

$\mathcal{Contents}$ 目 录

最危险的时候

拉起来！拉起来！拉起来！

一把青铜提琴

献给你田汉

弦板已经熔化

琴的血肉还在

音柱已经凝固

琴的神经还在

田汉田汉

青铜男子汉

生吼一爿天

死撼一座山

到了最危险的时候

妈妈万岁

是你在喊

发出最后的吼声

我们一起喊

起来！起来！起来！

筑长城　清河川

动魂魄　凛肝胆

气概当神满

音色已无限

我用熔铜艺术作青铜提琴一把，捐赠给田汉基金会。

田汉是中华人民共和国国歌《义勇军进行曲》词作者。他那句"把我们的血肉筑成我们新的长城！中华民族到了最危险的时候"始终激荡着人心。"文化大革命"时，田汉死于狱中。期间，他给母亲一张回条中写了：妈妈万岁！

作于二〇一二年六月二十九日凌晨

日出

铜水

沸腾着翻滚着

在云的簇拥下

熊熊燃烧的铜坩埚

在天际线上粲粲升起

几度登顶枕星云

须臾俯仰动金汤

通红的铜浆满溢出来了

泼洒着　飞溅着　喷发着

点燃了第一抹云彩

点燃了最后的夜色

超然殊胜

独特美妙

云彩如时尚模特

在无垠的天幕上

用美艳的霞光

变幻着自己的霓裳

不一会

太阳金乌挣脱了云彩的拥抱

倾泻着全部的羽衣

向更高的空域腾达

仿佛轰响着瘦骨铜马的蹄声

载着金乌的金属绝鸣

瞬间编码成

震慑生灵的交响乐

铜的温馨的金色

染化了整个大地

当铜水终于凝固时

造化铸就了

泛着青铜光色的

今天的历史雕塑

这是太阳每天不变的功课

也是它每天变幻无常的功课

一代复一代的人类

一代复一代的夸父

从未停止过

每天的逐日游戏

从未理会

山海经悲壮的教诲

敬畏自然与人定胜天是人类生存与发展的选择题。

作于二〇一二年夏

黄河奔腾谁可阻乎

我来了

我的身躯

我的一切

发高山兮

穿云幕

柔弱无骨兮

破大峪

盘古推舟直嘘唏

后羿弯弓断剑衣
卷沙　沉沙
载舟　覆舟
太极浩瀚吞朝日
五行混沌挟丘壑
星光绝奇
月色静谧
春堤浑恐柳藏嫩
夏岸唯听燕喃呢

烈驹一往
蛟龙九曲
头触不周蹑魂天
腰柱王屋崔嵬地
雷霆横刻千重山
澎湃纵雕万里原
奔涌　奔腾
奔放　奔驰
向前　向前
脚不住兮

头不回

前面是大海

前面是母亲

长歌一路

我来了

我来了

我的身躯

我的一切

为在北大《云彩》与《乡愁》会诗论坛而作，台湾诗人余光中先生为我诗集《云彩》题书"海峡隔两岸，不阻云彩飞"。飞越若云，奔腾如河，谁可阻乎？

作于二○一二年三月七日

二零一二年的元旦

二零一二年

洁白画卷

今打开

风光无限

尽在前

上天给你功课

谁可拒绝

将用生命的

三百六十五天

泼墨画彩

笔已捉

尚茫然

事重轻

费疑猜

乘除或加减

若计人生输赢

谁能透彻几多难

苍茫云水漫

对境烟雨散

钟鼓时未歇

无心莫问禅

山河且付鞍辔外

水惟能下才成海

吟草书菊画梅作松

龙行千里始于今天

当你再斟除夕酒

有辛有闲又一年

回首望

真情人间

终为甜

二零一二年

洁白画卷

今打开

风光无限

尽在前

作于二〇一二年元月一日杭州

春节

春节

真伟大

其在于

世界上所有能贴上

伟大标签的

一切

都无法与之比肩

春节是

孝心，爱心，春心

哪怕少不了

伤心，痛心，贪心的

一场

最伟大的活剧

其伟大在于

能给所有人

最长的公假

年假，休假，探亲假

寒假，婚假，还有产假

哪怕是

用流血流汗没日没夜

上班换来的

其伟大在于

能给所有孩子们

最开心的压岁钱

哪怕还是会

装回大人们的口袋

能给所有老人们

一顿天伦之乐的年夜饭

哪怕仅仅是

一种凄美的期盼

其伟大还在于

不管你是居庙堂之上

还是处江湖之远

不管你垂垂已老

还是青春肖小

不管你是穷人

还是万贯富豪

都会给你加上一岁

不管你是想要

还是不想要

世界上只有这个时候

世界上只有这一件事

是公平的

只有春节做得到

春节

真伟大

这诗如能博得你会心一笑，祝你"春节快乐"目的达到了。

作于二〇一二年春节

孔子出山了

孔子登山

登东山而小鲁

登泰山而小天下

他爱东山

更爱齐鲁

他爱泰山

更爱天下

泰山其颓乎

非也

泰山因仁者而无终极

哲人其萎乎

非也

哲人因仁者而若泰山

大哉孔子

山哉孔丘

天下

你不过来

山来了

孔子出山了

天下

你不过来

山来了

我作铜笔刻了孔子语"三人行必有我师"。

作于二〇一二年阳春

老子出关与道德有关

老子向函谷关走去

周朝纷乱令他窝心

谁没个脾气

满腹经纶于世何涉

满腹牢骚与人何干

涉西出关隐居去吧

有谁跟着　没人

跟着有谁　青牛

函谷关尹喜关令

夜见紫气东来

一个观天占星之人

长于穿凿附会之事

莫非圣人闯关

果一老者倒骑青牛而来

人过留名雁过拔毛

即使贵为周室史官

也不能破了边关规矩

老子身上除了几多碎银

仅余青牛一头

若是庸官贪官

留下青牛碎银

放人出关

司马迁将叹

周室无妨少史官

青史有恨阙李聃

尹喜研知夫子

经国深于心扉

济世兆之紫气

如留下只言片牍

岂不让人钦羡至死

红脸复白脸

一句子将隐矣　强为我著书

令老子木然

须臾答曰

汝不道德乎

然而

见面有缘　出关有价

吾且教汝

道德为何物也

道可道，非常道

上德不德，是以有德

款款八十一章

洋洋五千余言

文约义丰涵天盖地

道高德彰惊魂动魄

尹喜浑身燥热

差点撞墙

老子的《道德经》

喜剧般留下了

尹令恭送

老子坦然骑牛踏流沙而去

隐而不复再现矣

君当知

如无函谷关

世无老子聃

若无尹喜令

史无《道德经》

君当叹

今世圣人孰缺

断多了

贪银牵牛之人

却缺了

洞贯东西函谷关

脸扮红白尹喜子

尹喜一句"子将隐矣，强为我著书"，出自司马迁《史记·老庄申韩列传》，令人无限感慨。我作一水墨画《函谷关之道德》及书法联一幅以记之。

作于二〇一二年七月十九日

墨子好郁闷啊

墨子又名墨翟

郁郁寡欢多时了

一句墨守成规的成语

竟是其人标识

忧伤呵郁闷乎

墨子终去拜会了孔子

我墨守成规了吗

提倡兼爱、尚贤

不比你孔子爱人、举贤更平民吗

坚持尚质、非乐

不比你孔子雅言、礼乐更归真吗

纵使我真是墨守成规

又有何碍

方以矩，圆以规，直以绳，正以悬

没有规矩不成方圆

治国理政　修身立命能无法无规乎

君我均生诸子百家滥觞之时

开宗立派并非太难

但学理井然　队伍庞然　声威显然

非墨学莫属也

何况墨学、儒学本为并肩而立的绝代显学

非我王婆卖瓜

诸子后学直述

世之显学，儒墨也

儒之所至，孔丘也

墨之所至，墨翟也

我与丘　取舍相反

冰炭不同器而久

寒暑不兼时而至

不知孔老夫子有何道法

令董仲舒废黜百家独尊儒术

虽后世毁儒多次

不仅筋骨越健且香火更鼎

吾汗颜今天下知墨者

尚存几人乎

忆当年楚王伐宋之即

与鲁班争理而终解兵戎

今也望与夫子争此一理

儒墨境遇何至天壤之别

孔子礼毕而笑曰

尽管当今儒学大振

有吾之铜像立天安门广场之荣

也有旬月之际遭黯然被逐之耻

海外孔子学院门户近百

学院教师亦蒙不予美签闹剧

沧桑圆缺　沉浮谁料

然则

如无发萌　何引眼球

票房是硬道理

粉丝是真道理

不争论是新道理

墨老弟如仍不解

言汝墨守成规真不为过也

墨子叹曰

既生丘何生翟

尧舜之道何在焉

韩非子在其《显学第五十》开篇直述：世之显学，儒墨也。读之有慨，遂成诗一首。

作于二〇一二年八月

苏轼深夜造访

苏轼深夜造访

携诗稿一叠

急呼

君可救之

予大惊

忙滚下塌

东坡先生何出此言

是否思子由弟

醉醺如此

非也

你知老夫

乌台诗一案

祸起萧墙　险遭灭门

幸太祖遗训　神宗明察

被贬黄州　逃过劫难

孰知此诗又横起祸端

予观之

乃水调歌头

明月几时有

啊

这等好诗

何以至此

君不知

有人再筑乌台

诬诗曰

高处不胜寒

分明指责当今

先生当辩之

此乃语圣上英明

有威震天下之气

何人能近

然争也无益

以首句之甚

令老夫百口难辩

何句

难不是

明月几时有

正是

同门恶指老夫

反清复明

昭然若揭

吾在劫难逃

君不可不救也

啊呀呀

斗胆击汝一掌

先生官拜大宋翰林学士

何又复在清廷为臣

是否醉糊涂了

快回汴州

还可达旦醉饮

若去杭州

更可游湖

兼飨东坡肉之美

何来性命之忧

啊哈哈

如此这般

多谢君击猛掌

吾急回大宋去也

老夫不是醉酒

只是，只是，只是

以后再也不看穿越剧了

望与君千里共婵娟

近年来穿越剧大热，惊动广电总局叫停，其实作品好坏与是否穿越无关，此诗亦可称"穿越诗"，不知君可爱看？

作于二〇一二年二月

庄子的逍遥与我的潇洒

读庄周的逍遥

其实真的不逍遥

查注释　啃字典

累得两眼发花

况且

入寓言之怪诞

窅然丧其天下

逍遥何存

好在我找到了庄子

急急而求子释辩

庄子犹然笑曰

如此君不妨随吾一行

从北冥出发

我与庄子骑在鲲的身上

浩浩几千里之大

未有知其长者

庄子说

须臾　鲲化而为鸟

其名为鹏

鹏之背不知其几千里也

请朱君骑稳

紧抓其垂天之翼

怒而飞

水击视下三千里

扶摇而上九万仞

借六月之风

飞徙于南冥天池

游雾若野马抟涌奔天

生物如尘埃以息相吹

令我如醉如痴

优游之际

庄子竟呼呼睡去

俄然

其梦觉

我欣然告子

今日我尽享逍遥矣

庄子道

君不足以逍遥也

适其梦中变为蝴蝶

依志而栩栩然

梦醒则蘧蘧然

蝴蝶复为庄周

从喧嚣入逍遥

从逍遥返喧嚣

君以为

孰是庄周之幸

抑或蝴蝶之幸

我感而曰

逐海上天怎比入梦

当是入梦之幸

先生你尽享逍遥了

庄子正色曰

非也

朱君可闻庖丁解牛乎

吾之齐物论述之

庖丁虽一介屠夫

可其

奏刀如尧舜经首之会

解牛若商汤桑林之舞

目无全牛　游刃有余

踌躇满志　悠然自得

尽逍遥者

非庖丁莫属也

我恍然悟矣

善哉

随先生之行

闻先生之言

乘天地之正

御六气之辩

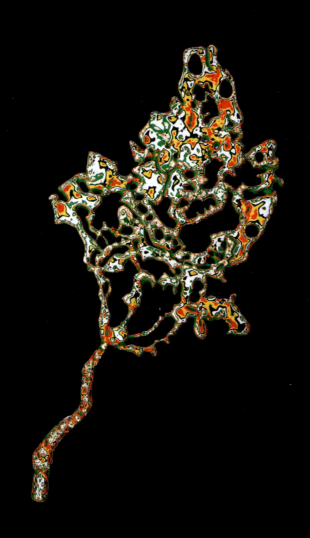

逐海　上天　入梦　为人

官止神行

依乎天理

为真逍遥焉

借此诗兴我亦逍遥作画，潇洒作联。

作于二〇一二年七月二十三日

蒋公

蒋公

是一个人

也是一个公园

一个

一个人的雕塑公园

戎装虎虎是也

长衫儒儒也是

或坐

笑容可掬

或站

训话可威

你看着我

我看着你

数百人物

一个蒋公

热闹非凡乎

寂寞难言唉

是英雄是枭雄

是伟人是过客

人生游戏

游戏人生

舞台的帷幕落下

再次拉开时

是一个游乐的公园

二〇一二年八月十日在台湾去慈湖谒蒋中正陵园，见慈湖公园实为蒋公雕塑公园。二〇〇〇年台湾政党轮替，民进党执政，搞去蒋化，将遍布全岛蒋之雕像，或拆或毁。部分拆毁之像，移驾集中陈列于慈湖公园，有数百座之多。是时，感而作此以记。

达利的骗局

有一本书

叫

达利的骗局

书名上加了骗局两个字

它的版税至少也能多骗两位数

我不屑看这本书

因为我不会把

达利与骗局连在一起

尽管这位翘胡子的艺术家

怪异荒谬　别出心裁　颐指气使　魅力十足

但他不可能是骗局的主人公

他是他的时代最真实的记录者

作为探索潜意识的意象者的艺术家萨尔瓦多·达利先生

他懂得如何把梦境的主观世界变成客观的艺术作品

当世界已到了偏执狂临界状态时

他伪装的梦境、幻觉、纵欲、变态、死亡的非理性意象

那一件件神秘、怪僻、荒诞、朦胧、可怖的

油画、版画、雕塑

是物像并列、扭曲、变形、魔幻、解脱的永恒记忆

他的柔软易曲，正在熔化的时钟

他在悍妇与月亮中充满了暴力和对传统社会禁欲主义的批判

难道这不比当今世界的最真实的还真实吗

难道这不比当今世界的最现实的还现实吗

也许正是这种一丝不苟的现实主义笔法

让他戴上了超现实主义画家的桂冠

几乎所有艺术品投资人都想从这个与毕加索、马蒂斯齐名的

画家身上捞一把

在一连串超乎想象的设局下

大量的赝品、伪作、山寨、水货层出不穷地涌现

全球艺术界、收藏界、商界、金融界、司法界瞠目结舌而深
陷其中

这果然与他的显赫声名与其自我推销吹嘘的天赋有非常密切
的关系

但如果说这就是他达利的骗局

那么整个充满惊叹号的没有真相只有黑幕的世界这又是谁的
骗局呢

他还被西班牙国王胡安·卡洛斯一世封为普波尔侯爵

凡是能被皇家封侯晋爵的还会是骗局吗

当然皇家被设局了除外

中外概莫如此

达利的骗局可以休矣

我的熔铜作品《想象中的达利》是首次用熔铜现实主义手法
尝试制作的人物肖像雕塑。此诗的创作手法，曰诗散文，也是我
的另一次尝试。

作于二〇一二年七月一日

秋瑾

我当姓冬

凛冽中

我冲

乾坤力挽

烈烈风动

儿女不重

江山重

哪怕

颈上屠刀

寒光如冻

我当姓春

只奈无情女红

黑白早知棋谱空

嗟柳烟

竟如硝烟涌

琴弦断

长歌唱痛

金鸡鸣

山阴道上

雨骤雾浓

我当姓夏

炎阳悬空

莽苍苍

侠气似风

浊酒涓涓鉴湖魂

率三千越甲

呼四万万劳众

借古轩亭口

我吞吐汗青

独立巅峰

你就当姓秋

霜姿铁骨

山阴蛾眉

千金市剑

只身引刀

秋风秋雨愁煞愁

斯国斯家忧更忧

烽火襟上收

如今璀璨山河

金鼓声尚未休

君立湖畔笑颜柔

男儿犹自羞

于二〇一二年四月三十日西泠桥畔拜谒秋瑾塑像作

岳飞

面临西湖不敢看

阳光下

波光粼粼

如金牌

十三道金牌重如山

山呼万岁

君命来

靖康耻　箭穿眼

心如刀绞

血似海

最恨山河破裂

国土残

七尺男儿

不惜败

梦里金戈又杀还

面临西湖揪心喉

月光里

水吐寒光

风如抽

只凭一句莫须有

从此大宋半壁休

祖宗的山

祖宗的海

男儿沙场

何惜头

锦绣终究染指多

谁人纵马斩其手

只求金牌

不出牌

但愿莫有

莫须有

诗成三四句，泪流一二行。

南海有风云，心仰岳家将。

二〇一二年五月一日谒西湖畔岳庙而作

连横纪念馆

连着炎黄血脉

雅致仁人精气

堂堂中华　雄风何在

龙马沉寂　腾挪谁料

华夏的宝库中

谁用心血挖掘

一块美丽的玛瑙

谁用心血雕琢

一个美丽的台湾

隆起的中央山脉

是坚挺的脊梁

层层叠叠的

晶莹七彩

是祖先的生命

从隋大业起

到清光绪

千二百年

谁能披露挥暑

为台湾立言立史

是你

就是你

雕琢这块美丽的玛瑙

一部浩瀚的台湾通史

如同所有美玉

莫失具精

该细尽细

宁折不屈

掷地有声

这是中国的史

是堂堂正正的中国人写的史

岳太保炯炯双眼

在看着

司马迁铮铮铁骨

在响着

要弯下脊梁

想篡改史实

这条路不通

因为你

认准一条路

横下一条心

刻一部中国人

自己的

台湾通史

不信

去看看那块玛瑙

通灵剔透

就是你的

中国心

连着炎黄血脉

雅致仁人精气

堂堂中华　雄风天地

龙马沉寂　腾跃已起

　　在杭州岳庙的东侧有一座古刹，叫玛瑙寺，现为连横纪念馆。连横，字雅堂，是《台湾通史》的作者，也是连战先生的祖父，曾寓居于此。我牵线阜新市赠给连战的一块珍稀的七彩玛瑙，由连先生转赠该馆，为镇馆之宝。

作于二〇一二年元月十一日

你能高过母亲吗

女娲

别说这是神话

一位创世之祖

母仪华夏

抟土造人　炼石补天

清浊激荡　阴阳生化

高山仰止

功德昭华

称奇的

她竟是

人首蛇身端庄似画

好一个人首蛇身

令我

甘露洒心

醍醐灌顶

生命相依　生物共存

山高水低　尊卑孰分

要问谁主浮沉

你我也列队在动物之营

无非加上两字

高等

你再高等

别说这是神话

你能高过母亲

二〇一三年为癸巳蛇年，"飞龙乘云，腾蛇乘雾。"《列子》说：

"伏羲、女娲蛇身而人面，有大圣之德"。在中国古老的民俗文化中，蛇是华夏民族最早的图腾，受人崇拜。在龙蛇变换迎新开泰之际，设计《金蛇舞春》铜藏书票一套，并见于除夕《人民日报·海外版》头版。

在澎湖玄武岩石柱前

什么是惊心

让我在这里肃立

腰椎寸断依旧挽手

什么是动魄

让我在这里长歌

肝胆尽裂依然并肩

挽手

静听骤风动地

并肩

随观恶浪滔天

挽手站队

海疆锁匙千重少

并肩挺胸

顶天砥柱万抱多

谁能憧忆

这里已经惊心多久

谁能言说

这里还会动魄多深

几多沧桑

早已灰飞烟灭

莫笑我

成功成功

当是一屏赤壁

二〇一二年十一月十三日，我在台湾友人雷祖纲先生陪同下游澎湖玄武岩石柱，成语"鬼斧神工"已无法表达心灵震慑之情，作诗两首，此为其一。

男子汉

男子汉

挺胸挽手

齐刷刷一排站

躯体崩开

渗着的血依旧灿烂

身骨折断

露着的筋仍然相连

地火喷涌天庭裂

我照样是铁打铜铸汉

因为背后是

外婆的澎湖湾

男子汉

昂首并肩

挺括括一排站

莫问我

站了多久

莫问我

再站经天

海枯石烂千万年

我照样是铁打铜铸的汉

因为背后是

我的母亲

我的妻女

我的情爱

作于壬辰年深秋游台湾澎湖时。已作一诗《在澎湖玄武岩石柱前》，意犹未尽再书一阕。

圆明园兽首我有五个

十二生肖兽首

我有五个

圆明园的

真的吗

不。比真的还真

火烧圆明园

兽首不见了

两个强盗

抢走的

这是雨果说的

一个多世纪过去了

在世界级拍卖行现身

爱国吗？当然

于是一场争夺战

犹如动物界求偶大战

金钱的血腥撕杀

毫无悬念

爱国者的胜利

也是金钱的胜利

五尊

五尊回归了，人们欣喜莫名

还有的在那里

有钱什么都会有

不是么，又出现了

在其中一个强盗的老家

又是拍卖，故伎重演牛啊

外交照会　网民抗议

什么我有自由

什么国际惯例

各长着一双耳朵

兔和鼠

被打扮成熊猫

惊人的天价

简直可将

两支强盗联军

从脚趾到牙齿

重新武装一遍

不幸或是有幸

兔和鼠最终没能回来

留在那里

给雨果正义之说

呈一注脚

那么余下五尊呢

不是告诉你了

十二生肖兽首

我有五个

圆明园的

真的吗

不。比真的还真

火烧熔融

残损不堪

劫后控诉的真实

不正是这样吗

欢迎来鉴赏一下

五个兽首

在我这里

世纪争夺战

可望休矣

我用熔铜工艺制作龙、鸡、蛇、羊、狗首兽一组五座，各异形态，苍茫残蚀，完全有别于写实复制的手法，取名为《圆明园之魂》，现收藏于杭州江南铜屋。并有感作诗于二〇一三年三月。

回顾二〇〇九年，圆明园鼠首、兔首铜像实际流拍的戏剧性事件后，我曾设法提出能使"圆明园兽首"事件柳暗花明的方法。尽管此事至今未有进展，但完美复制思路的提出有望为日后文物回归在方式上提供新的尝试。

以下摘录当年《人民日报》海外版的报道：

一场"拍而不买"的意外，让圆明园鼠首、兔首铜像实际流拍。在一片哗然后，兽首"回归"再次陷入僵局。

日前，抢救流失海外文物基金会联合中国铜雕大师朱炳仁，另辟蹊径，提出"完美复制"鼠首和兔首的方案，"圆明园兽首"事件仿佛柳暗花明……

一封致贝尔热的信

"尊敬的皮埃尔·贝尔热阁下：

感谢您在阅读一位来自中国艺术家给您的这封信。

……

在不久前佳士得的拍卖活动中，您作为被拍卖的中国文物兽首的委托人，使我们中国人结识并了解了您。

……

我盼望，当有一天鼠首、兔首回归中国时，能用自己的手艺制作一对完全意义上的复制品赠送法国的朋友，作为感情上的一种交流。

......

为使复制品接近完全意义上的复制，我们将此称为'完美复制'，礼请贝尔热先生及法国朋友们能提供详实的原物数据。"

这是 4 月 2 日，在北京举办的保护人类文化遗产、抢救流失海外文物的座谈会上，中国铜雕大师朱炳仁委托欧洲保护中华艺术协会主席高美斯转交给兽首拍卖前的持有者皮埃尔·贝尔热的一封信。

据悉，贝尔热先生此前决定将鼠首、兔首拍卖，并将拍卖所得用于治疗艾滋病患者。"我们应该尊重文物所有者，也希望能以相互尊重的方式来促使兽首的回归。"朱炳仁说。

这封信为陷入僵局的圆明园兽首"回归"事件提供了一种全新的尝试。

不惜多费笔墨以为本诗作注。

想象未名湖

我没见过未名湖

但我会想象

湖很有名

因为他在有名的大学内

因为他有过很多名人

我想象

他的涟漪

以及涟漪下

未名的深邃

我想象

他的深邃

以及深邃

带给我未名的涟漪

我想象

蓝天怀抱着他

他怀抱着蓝天

我想象

星星沉在了湖底

他把星星托上了湖面

不过我总感觉

如今

蓝天少了

星星也暗了

不过这也是

我的想象

作于二〇一一年三月二十七日

去北京大学参加《云彩》会《乡愁》文学论坛前

印月

赏心绿荷亭亭舞

悦目红鱼翩翩游

西湖

为圈定养荷湖域

今人

锤之以木桩

游船莫入其内

即使

朽木黑污

参差莫名

名画抹灰

鱼刺梗喉

因其为临时工

掌护花之职

年复一年

与湖光共一色

无人为怪

为圈定育鱼湖域

古人

竖三石塔于其围

观者不得垂钓

但其

塔石亮洁

雕琢畅丽

设形巧肖

借景妙趣

莫不叹为观之

护鱼重任

早已休矣

延之乾隆朝

三潭印月

已位列西湖十景之中

若其时

也以木桩围之

三潭顿缺

看今日西湖

谁能印月

朱炳仁二〇一二年五月八日于杭州

世界是混沌的一陀铜

混沌是熔融的

几何之舞

混沌是腾达的

奇点之沸

在果壳空间中

或是膨胀

或是收缩

随着霍金的宇宙说

在轮椅怪诡的光相里

变异着

变革着

混沌是熔化的

一陀铜

混沌充斥着

不可理喻的欲望

贪婪欺虐的名利场

混沌充斥着

几乎所有的

真理与悖论

光芒与臆意

混沌充斥着

宇宙起始或终极的

遗传密码

只有当

熔铜凝固了

成了一幅铜画

才可望读懂

混沌遗传了什么

可密码

还在造化手里

谁也无法破译

包括在轮椅内的或轮椅外的

因为现在世界还是

混沌的

熔化的

一陀铜

我作混沌水墨画，诗之。

作于二〇一二年早春

银河

当数据巨大到令人瞠目结舌之时

人们发明了一个词汇

天文数字

请看

银河系中的天文数字

它是太阳系所在的恒星系统

计有一千二百亿颗恒星

直径约十万光年

中心厚度约一万光年

总质量是太阳质量的一千四百亿倍

银河系是一个旋涡星系

太阳位于银河一个支臂猎户臂上

地球是太阳系八大行星之一

至银河中心的距离约二万六千光年

银河系外还应该有三十亿河外星系

倏变阴晴万亿天

疾转沧桑亿万年

太虚谁曰或障蔽

气机何尝曾凝怀

在此令人瞠目结舌的天文数字前

人类的所有伟大的一切

渺小到

根本是不复存在

不过

这些沉寂了亿万年的数据

是银河系中的太阳系中的地球上的

渺小的人类发现的

天哪

是怎么得到的

这些能如数家珍的数据

人类的大脑

无疑是伟大的

人类伟大的尺度

也是天文数字的

我作了数十幅天体星系水墨画，望能从艺术角度来为此诗作
一注释。

作于二〇一二年九月

地球与月球的对话

地球说

四十亿年了

不管朝日黄昏

哪怕地老天荒

你的另一面

始终背着我

而我的一切

无论东方西方

抑或南极北极

面对着你

坦坦荡荡

月球说

四十亿年了

无论阴晴圆缺

即便天涯海角

我天天围着你

无怨无悔

不离不弃

你还不愿

让我

留下半面隐私

你这是

坦坦荡荡？

地球与月球常常是我与七岁的孙儿朱也天之间的话题。

作于二〇一二年三月

山海经

浪千层

只为我洗诗炼画

淬铜鼎

填海

补天

逐日

移山

黄河莽

长江醒

无意船头听潮声

有梦白驹逐星辰

追风一万里

结子五千龄

直面先人当汗颜

饱食何处

觅真经

岁月有阴晴

国运催清伦

天若有倾

砥柱怎寻

山如该移

何唤民心

壮心已

嵯峨历尽

女娲你可肯

再借我

补天熔炉

铸太平

　　我作铜画《山海经》四幅，分别为《夸父追日》、《女娲补天》、《精卫填海》、《愚公移山》，第一次运用锻、雕、刻、凿多种工艺叠镶而成。我国铜雕领域的首个国家发明专利亦由此面世。

作于二〇一二年元月十八日

飞天

飞天

飞起来了

从远古飞来

向亘古飞去

没有人知道

还要飞多久

还能飞多久

飞起来

是人类的

梦想

更是一种

理想

先人

心永远是飞在前面

铁画银钩

吴衣当风

哪怕

在洞窟里

在岩壁上

在陶片上

在铜镜上

人在地上

心在天上

如今

人飞上天空

人漫步太空

而心却步回地上

桎梏的心

仰望飞天的畅美

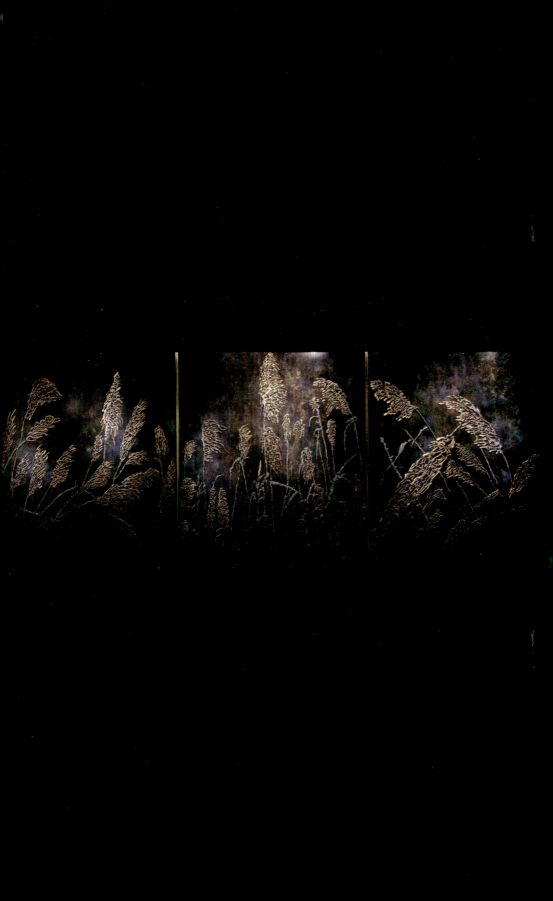

梦想还有？

理想还在？

还能

飞起来？

我作《飞天》铜雕陈立于印度唐玄奘纪念馆。

作于二〇一二年

汉隶情

秦篆汉隶

墨色何追起

秦始皇，书同文

李斯篆，程邈隶

我独独钟情于你

方劲朴拙，如龟如鳖

古来规矩如山立

蕉窗外，雨丝声声淅淅沥沥

君可知，藏锋逆入，行笔迟涩孤雁苦

羊毫已提愁难提

铜镇纸上，花花草草怎镇住风风雨雨情

瓷滴水下，点点滴滴犹记得缠缠绵绵意

宣纸惨白可任由点画俯仰

花笺早铺谁知染多少泪迹

蚕无二设

我无二心

秦篆汉隶

我独独钟情于你

蚕头雁尾，待我菁华飘逸

华山碑，石门颂，史晨帖

重浊轻清，斩钉截铁，为你放纵无忌

伊秉绶，郑板桥，邓石如

导则泉注，顿则山安，让我轻展蝉翼

金规玉则，我自有定盘心

绣笺上，汉隶情，书写心底秘密

谁言波必三折，谁说雁不双飞

草卧长堤，翩翩鸳鸯双栖

墨韵千年，袅袅烟青云西

羊毫笔起月色依依

我早就雁双飞

汉隶，是汉字中一种字体，讲究"蚕头雁尾"、"一波三折"，重"雁不双飞"、"蚕无二设"之规矩。

作于二〇一三年元月二十九日北京

断桥

断桥边

鸳鸯双双

戏荷莲

两个人

雨涟涟

一把伞

一爿天

白娘子热泪汪汪

看许仙

保和堂夫妻店

济世救民情绵绵

法海　法海

你管我

是人是妖

情相连

法海　法海

你管我

是凡是仙

并蒂莲

雄黄毒酒冤家缘

灵芝仙草救夫险

雷峰塔下

昏天黑地压我五百年

恨不能

水漫金山将你淹

只要我回到断桥边

哪怕断桥断肠雨如鞭

杜鹃泣血心犹坚

我不悔

千年修行化灰烟

为只为

喊一声相公

生生死死永相恋

　　我作莲荷系列熔铜作品已多年，还会继续作下去。因为每去西湖，总会多看一眼断桥，多看一眼断桥宛的清莲。

作于二〇一二年春

在西湖白堤我撑着伞

在西湖白堤我撑着伞

等着白娘子到来

忆当年

断桥边

柳影如烟

仙女裙翩翩

声声细雨软

缓缓步履浅

我等着

已五百年

湖舟艘艘多玉面

唯你娘子不见

为这场初恋

我愿再等五百年

法海他早藏蟹壳内

雷峰塔倒塌又重建

无论桑田变迁

在西湖白堤我撑着伞

仅此不会变

癸巳新年喜临之际，我作青铜蛇年生肖藏书票，为《人民日报》赠海外华人新春贺礼。

作于二〇一三年二月二日

上天生气就下雪

上天生气了

上天生气时很有趣，向人世泼雪花

多年惯例，这次也不例外

召集了天庭造办处百万工匠

翻出了仓库里

装修琼楼玉宇剩下的白色涂料

尽管是给下界一点颜色，毕竟白色便宜

上天是最艺术的，尤其在生气时

不会忘记让天庭翰林公开会，论证雪花造型

争争吵吵，但一定很绅士的

圆的，不，不能让人家感觉我们圆滑

三角形，太尖锐了

方的吧，怎么可以如此四平八稳

五角很漂亮，不成，又不是闹革命

索性八角，可八角是人间的药材，不能让他们吃药

多一点角行吗？比如十角形，十二角形

那么多角，成本上去了谁埋单

元芳，你怎么看？

啊，上天啊，我没招了

哈哈，你们就不会想用六角形？

于是拍手，欢呼，绝对民主

雪花造型，正式定为六角形

又谁在哼，多少年了，论争不休，结果不变

你真不懂，这是走程序

招投标就省了吧

造办处是天有企业

于是工匠们把白涂料和在云中

就像揉面团一样匀称

天下没有相同的一张树叶

当然天下不能有一片相同的六角形雪花

天庭工匠们真不含糊

亿万万片六角形的雪花

每片绝不重复的晶莹线条

一个个精雕细凿神态各异的小精灵

洋洋洒洒舞到人间

有趣，上天生气了，就泼雪花

你问，上天为何生气呢？

春天的脚步近了，生气盎然呵

作于二〇一三年元月三日大雪中的杭州

初春

人之初

母之恩

几滴母亲的初乳

圣洁的珠珍

将她绚烂的青春

聚焦着她全部的爱情

缓缓地流入了我的心田

滋滋如

涓涓的蝶流

绵绵如

初春的雨润

初乳

让我第一次

领略了初春的滋味

甘甜中带着

几丝苦涩

暖意里

不泛些许清凉

我懂了

母亲赋予我初春

还教我

迎候

春秋冬夏

我的整个人生

作于二〇一二年早春

西泠印社

西湖

这幅巨大的水墨画

在白堤这行边款下

钤上一方中国印

西泠印社

尽管不大

它的朱红色

一定是堂堂正正

我为西泠印社《汉三老讳字忌日碑》作青铜藏书票一枚，并作此诗一首。

二〇一二年四月

金砖

金砖

紫禁城的金砖

是铺设在地上的砖

无论是太和殿

还是保和殿

脚下踩的都是金砖

两尺见方的大砖

敲之若金属般铿然有声

有明代　清代　近代

材质当然不是黄金

而是京杭大运河畔

细腻稠密的黑泥

最近紫禁城文物

在法国卢浮宫展览

有一块明代黑黪色的金砖

价值绝对超过纯黄金的金砖

泥土变黄金的炼金术

就是时间

时间的厚度

决定你是镀金还是真金

当然别迷信资历

还要有历炼

最好由皇家炼

如宫廷造办所

抑或去外国炼

如卢浮宫

金砖出产在苏州郊外。因为苏州土质细腻含胶状体丰富、可塑性强，制成的金砖坚硬密实，敲之有金属声。

作于二〇一二年春

天冷了

天冷了

窗外洒着寒雨

电视上播放着

令人心碎的新闻

美国的

二十余名

孩子

中国的

二十余名

孩子

怎么了

我看到了血

我不敢写下去

我冷

我冷得颤抖

快抱紧我们的孩子

孩子是我们的温暖

孩子快抱紧我们

我们是孩子的温暖

窗外洒着寒雨

天冷了

会暖起来

心冷了

会暖吗

近日，几乎同时在大洋两岸出现令人心悸的校园惨案。

含泪作于二〇一二年十二月十五日夜

在路上

人类在路上

为着生活　生财　生存　生命

为着贪心　野心　良心　爱心

从未停止自己的脚步

二百万年了

还在路上

在谋食谋道的路上

在问剑天下的路上

二十一世纪了

还在路上

在哺乳孩子的路上

在构筑核子的路上

人类已有足够的聪慧

让自己

一万次走向辉煌

人类也有足够的能耐

让自己

一万次走向灭亡

现在是走在

通向天堂的路上？

还是走在

通向地狱的路上？

人类啊！

你能回答吗？

不！

我只能说，

在路上！在路上！

我创作了《对决九一一》、《本是同根生》、《同源桥》、《和平柱》等铜雕作品后感言。

作于二〇一二年三月十六日

精卫

精卫填海

不是一个传说

是一个小女孩

用生命讲述的

真实故事

真实到五千年后

她还活着

她还在填海

做着

永远做不成的事

我想

她还会再做五千年

当然

这个小女孩

至少也会

再活五千年

她一直失败吗

不

她当然是成功

她的成功

就是她活着

成功的三要素是什么

人物　是小女孩

时间　坚持做五千年

内容　是做永远做不成的事

我作熔铜雕塑《胜利的精卫》，讲述了这个小女孩活着的故事。

二〇一二年三月十七日于江南铜屋

本是同根生

悲欢离合

独上楼台　相望无尽相思雨

携手登高　相约遍地插茱萸

琵琶犹怀抱

兄弟尚如陌

友邻摆宴台

把酒新加坡

春雨汩汩泪眼老

夏风翻翻黄历新

莫愁哲人已作古

飞流同舟猿声轻

汪辜会谈

辜汪会谈

不同的名称

说的是同一件事

相同辜汪或汪辜

不知曹植已几步

一句更一句

本是同根生

1993 年"汪辜会谈"在新加坡拉开序幕。2013 年 4 月 18 日"汪辜会谈"二十周年纪念日，台湾海基会董事长林中森设晚宴，我作为仅有的大陆艺术家代表与台湾杨奉琛艺术大师一起有幸参加，与汪辜后人同桌把酒言欢。次日又出席马英九演讲的庆典。忆及数年前送铜桥"同源桥"于台湾中台禅寺，及创作熔铜艺术品《本是同根生》两岸巡展，不禁诗潮涌心。作此，以飨两岸众亲们。

沉重

晨曦的旷野

一朵盛开的蒲公英

无数把小伞组合的生命上

顶着一粒粒钻石般的

晶莹剔透的

露珠

一身惊艳的盛装

展现了叹为观止的

无与伦比的

美丽

纤毛组成的小伞

艰难地

顶着一座座钻石的群山

七彩的世俗光环下

美丽常常是

沉重的一种符号

真实在粉饰下喘息

生命在窒息中挣扎

如果

没有阳光的话

终于

不再沉重了

露珠在旭日下升腾

纤小的蒲公英

摒弃了一身铅华

展现青春的绒毛

真实的素妆

释放

无与伦比的

美丽

她惬意地舒了舒身子

等待着

等待着

一生中最重要的时刻

春风来了

轻灵的

没有了包袱的她

飞起来了

飞起来了

我的小伞

我的蒲公英

二〇一三年立秋于台北圆山饭店

大美如秋

金禾如火

秋到了

秋的大美到了

秋的美是无穷的

西看枫林红

南观菩提黄

云的爽朗

雨的透凉

恢宏无垠长风冽

旷宽有限野气狂

竞千帆

不愁霜

秋的美是无饰的

不见矫揉

无须乔装

萧肃前后起萧条

沧浪上下行沧桑

即便斑驳悲凉

亦留人间

真气场

秋的美是无私的

凝春烟柔香

承夏霭韶光

极三季精气精髓

积一盅醇酊醇酿

莫待桃符变换

无妨气宇悲壮

由冬尽醉

任人享

金禾如火

秋到了

秋的大美到了

大美何谓

不羡春夏

不嫉冬藏

二〇一三年十月一日凌晨于北京 798

大秦气昂三首

秦风之威

我站着

我站着睡着了

昨晚与我的女人

刚牵过红绳

大早我又把战袍披挂

她咔吧咔吧

眼泪如掉渣

三五十斤的铁甲

压得肩上血成痂

女人哭啊，我心如剐

呼一下，抱起她

吻她的泪，吻她的颊

哭什么哭

铁甲挡刀挡箭挡风沙

女人暖脚暖身暖心房

只要脖子上没有碗大的疤

完了事就回家

我站着

我站着睡着了

谁说两千年了

谁说我叫秦俑

我叫秦风

秦风

秦风的女人你在哪

我的女人在家吗

等着我

我就回家

秦风之武

没有仗打了

还披着甲

列着行

忘不掉

大风起兮云飞扬

什么

这是刘邦的歌

呸

我们天天吼天天唱

扫荡六国平天下

纵横南北铁甲响

算什么？你，刘邦

范文字

焚且坑

筑长城

度量衡

身后江山丽

身前剑锋狂

千古一帝是秦皇

安得猛士守故乡

没有仗打了

还披着甲

列着行

秦风之雄

谁说我站累了

两千年了

不

哪怕累了

我也站着

稳稳地站着

即使有跪着的

那是弓弩手

他的跪

是为了站

为着爹娘

为着女人

站了两千年

站了一百代

再站一百代

再站两千年

为一百代儿郎

守两千年故乡

　　我作十二座秦俑雕像，采用独创的熔铜庚彩艺术，由台湾陈
武刚先生收藏并展出。

二〇一三年十月三十日诗于巴黎

124

端午节有感

汨罗江是一粒粽

是外婆双手包裹的

有棱有角

又软又糯的

一粒粽

大夫有屈书离骚

春秋千载知劲草

不管世态有炎凉

粽竹虚心拔节高

孩子啊

硬时铁石身

柔时糯米心

你就是世上一粒粽

汨罗江是一个字

奶奶擎着雄黄笔

写在儿时的我

额头上

那个王字

不管沧桑幻无常

应薄屈子投汨江

龙舟当竞少年时

追潮逐浪在江上

孩子啊

只要你

是一个王者

谁能奈何

二〇一三年端午节凌晨书就于杭州清河坊

给天下一个宇宙

一千度、一万度、十万度

铜在熔融

铜在欢腾

铜在跳跃

涡状无量紊乱

幅射从容守恒

旋臂具备

奇点崭露

上天握着坩埚

眼睛一亮

是时候了

销形落寞非守望

浩瀚气宇烁天放

它摆开了架势

屏住气

使劲抬起了手

泼出去

泼出去向无垠的空间

泼出去向无际的时间

通红的

炽热的

熔融的

铜水

飞出了坩埚

雷霆凤翔醒织女

霹雳龙舞惊天蝎

自由、自在

随性、随意

这里只有悖论没有理论

这里只有放手没有握手

恒星、行星、卫星

太阳、月亮、星星

从上天手中泼洒出来了

上天

你好样的

没有昏昏之病

无关憧憧之忧

泼出去

泼出去

在广袤混沌的黑幕中

在无穷压缩的维向里

旋转着、舞蹈着

铜水终于凝固了

凝固成

一个宇宙

一个无始无终无边无际的宇宙

不握着、藏着、窝着、掖着

只有放手

只有泼出去

才能给天下

也给自己

一个宇宙

一个无始无终无边无际的宇宙

上天你懂的

二〇一四年三月十四日作于京城

雷霆

两抱云彩相遇了

别以为天地有多么广阔

谁也不相让

挤在一条道上

双方都黑着脸

给对方一番颜色看看

燃烧着圣艾尔摩怒火

高悬着达摩克利斯利剑

越来越近了

终于撞上了

相互撕裂着

互相吞噬着

金鼓铁弩开巫峡

莫邪干将舞龙泉

相互撕裂着

互相吞噬着

昏天黑地动九洲

天旋地转撼八荒

天空被狠狠地撕裂了

发泄出强烈扭曲的光芒

在强烈扭曲的光芒下

看清了对方

看清了自己

咆哮的雷霆之声

从宇宙间滚来

咆哮的雷霆之声

从肺腑中吐出

正负的向心相吸

难道只有电击雷鸣这一条路吗

兄弟的相聚

必定将如此的苦难壮烈吗

看清了对方

看清了自己

两抱云彩相拥相亲

抱头痛哭

泪飞倾盆

一场不平常的

滂沱后

天蓝了

阳光又灿烂了

作于二〇一三年夏

两滴泪

哭了

七仙女哭了

董郎　你为什么是凡

仙凡重重关山难

我为什么是仙

天人情隔云漫漫

伤不尽

天兵难挡恨难咽

思不住

沧海春山千千结

哭了哭

摧心摧肝六十年

哭了哭

纵将双泪飞人间

海峡隔两岸

怎阻泪两滴

北落长春城

南投锦绣田

我是净月潭

君是日月潭

盼只盼

夫妻双双把家还

二〇一三年七月八日游净月潭。传说七仙女情飞双泪，滴落吉林长春，台湾南投，从此得"北有净月潭，南有日月潭"之说。如此情缘岂不诗之。

马到成功

我来了

带着时间膨胀的密码

轻轻地从艾克斯隧道

飞跃到天蝎星座

猜想着爱因斯坦的理论

沿着螺旋状的曲线

寻找那麦哲伦星云

当光周归零的瞬间

用四维世界的唯美

重组涡状资源

献上七色的云彩

我来了

我不是项羽之乌骓

无关乎乌江之败

我亦非刘备之的卢

仅系于檀溪之胜

雷首之阿

翠龙骈骊

在日与月的觥筹交错中

在星与火的闪舞纵横处

带汗血色鬃毛

承大宛国精气

动八面角差

静四方颐和

吐哺太极

疏通天毓

我来了

在太阳系觅草

在银河系巡航

不惜瘦骨雕鞍

依然铜声岚间

含容周遍

观察审正

敲三千钢钉

换千吨蹄铁

振两翼羽翅

飞十万光年

傲淡骤雨烈风

穿越黑洞

仅献我的成功

甲午马年即临，作《马到成功》铜藏书票一套，并作诗一首以庆贺之。

二〇一三年十二月客寓京城

你在哪里

你在哪里

在高山兮

在大海里

牵挂你兮

有十三亿

难道你在天际

但愿真是在梦里

为了上天更那么文艺

用一场晴天霹雳

换你的丹青云霓

你在哪里

在高山兮

在大海里

牵挂你兮

有十三亿

画不完镜花水月

书不了真草篆隶

艺术上你是每一个个体

你走了

觅尽天下有谁能替

你在哪里

在高山兮

在大海里

牵挂你

何止十三亿

家里的你

是亲们的唯一

是亲们的天

是亲们的地

是亲们一切的一切

恨不能穿越时空

生生一坠死别离

山在痛哭海在号

天崩地裂

神人共涕泣

痛悼三·八马来空难，239人蒙难，内24名中国艺坛精英。

作于二〇一四年三月八日

错乱的时尚

人集聚向一个地方

就成了村落

村集聚向更大地方

就成了城市

到了城里后

总感觉乡下的月亮

特别圆

总感觉乡下的溪水

特别甜

休假的　人问

你在哪里

去乡下转转嘛

呵，时尚

总不会老是休假

聪明人呵

把乡下的老房子

来解情结呢

祠堂，庙宇，戏台

越是老的

新鲜越是

买下整体

整体重建

当然建在城里了

后来

老房子值钱了

乡里人也懂了

奇货可居，待价而沽　要么

干脆不卖　要么

人聪明呵，难不到

什么牛腿，雀体，斗拱，额枋

买零落的因买不到整个的

真的假景观

旧的新房子

连那些老房子上的旧门窗

都上了镜框

都上了镜头

清的，明的，宋的，唐的

还有路易十四的飘洋过海

都搬进了客堂

后来

又买不到了

人聪明呵，难不到

破的总会有的

青石板古街上的

桥栏板小河上的

搬往城里，往校里，往家里

建新房子

如果最时尚的

叠起来用旧砖

一定是的

垒起来用破瓦

一定是的

夯起来用土墙

一定是的

实实在在的土墙

三尺宽也一定是的

与老底子一模一样

老底子当然是好

现在的孩子生下来有六斤的

重得了不得

重得不得了

你记得九斤老太多重

当年的

春风，夏雨，秋香，冬雪住进去了

传统，传闻，传说，传奇住进去了

拍个片子向国外炫耀

老的，旧的，破的，古的

时尚呵

何况新房子轮得着你炫耀

我告诉你

还有更时尚的

那是

更老，更旧，更破，更古

比如巢居

比如穴居

我又胡思乱想了

甚至干脆不居了

爬在树上住

直截了当

更传统了

更传承得彻彻底底了

可能也不远了

时尚

这种

你等着流行

或者炫耀

　　此诗并不是对时下怀旧文化的批判，本人亦有怀旧情结，只是感到有趣而调侃一下，不过写的时候思绪错乱，求谅。

作于二〇一三年秋

太阳与月亮

太阳

寻找了一个整天

从东一直到西

他在寻找你

扯下七彩云霓

为你备好

婚纱嫁衣

你在哪里

日复一日

年复一年

金乌长歌醉

炽热焦灼心

等着你

你在哪里

月亮

寻找了一个整晚

从月盈直至月亏

她在寻找你

捧出满天银钻

全部嫁妆

连同自己

你在哪里

夜复一夜

月复一月

玉兔凭栏苦

清冷孤寂泪

等着你

你在哪里

二〇一三年十月于北京

铁

爱我吧

我不追求永恒

刚正刚韧是真挚的我

我不追求色彩

纯白纯黑是单一的我

我不稀罕

氧化成红锈色的

一身马甲

宁愿不断剥落自己的血肉

哪怕最后皮囊不存

我活在当下

爱就在当下

爱我吧

我活在当下

宁愿不断剥落自己的血肉

透亮着

我的肋骨

我的心脏

支撑你　支撑家

你的砥柱栋梁

是真挚单一的我

是真挚单一的爱

我的永恒

就在当下

于二〇一三年五月十二日赴京航班，登机后，在这钢铁的飞鹰腹内等待飞天命令，时光莫费，遂作小诗。

乡语

我沉醉俞伯牙的高山流水

我痴迷贝多芬的命运交响

奏过了

也就结束了

听过了

也就放下了

可是

有的语言说与不说

他照样

三日绕梁

有的语言听与不听

他依然

穿越心房

放不下

是母亲

放不下

是母亲的乡语乡音

回家看看

回家听听

望断高山流水路

运幄乡语最勾人

回家看看

回家听听

我回家了

母亲

今年九月十六日起，我创作中国第一座当代铜建筑"乡语"在北京鸟巢广场，与扎哈、赫尔佐格、梅德隆等国际建筑大师的"西语"作品对话。

二○一三年十月二十五日书于北京飞巴黎的航班上

154

丈量

今天

我在丈量

我丈量了经线

从东端的黑龙江黑瞎子岛

东经一百五十三度以外

到西端的新疆帕米尔高原

东经七十三点几度

我丈量了纬度

从黑龙江漠河之北

北纬五十三度之多

到南海曾母暗沙之下

北纬三度以南

九百六十万平方公里

是我铜铸的家园

每一寸纬度是我的肋骨

每一条经线是我的脊梁

甲午海战断我肋骨

辛丑条约割我脊梁

屠城之辱刻铁万言恨尚难铭

割地之痛绕梁三日音犹不绝

雷霆在怒

河汉在吼

秦帝召十二金人

唐皇御昭陵六骏

成吉斯汗弯弓射雕鞭指所向

每一个百姓是昆仑泰山

每一位战士是龙城飞将

经纬织成了天网

犯我天威虽远必诛

丧我河山再近异贼

丈量每一寸土地

称量每一滴海水

用我们的筋骨

用我们的血肉

九百六十万平方公里

是我铜铸的家园

今天

我在丈量

明天

我还会丈量

2014 年 1 月 31 日农历正月初一，又逢甲午马年。回首十余年，建桂林铜塔、杭州雷锋塔、常州天宁宝塔、近又在黑瞎子岛上建东极塔。

中秋月

在天不知年

低头俯瞰

问亲们

今夕是何年

时常挂金钩

仲秋转银盘

桂花湿

咽无眠

看不尽　悲欢大戏寻常演

呼不应　桑田沧海孤声变

莫说无奈

不必问青天

解饮还把玉液满

唤来流星雨

攥一把银钻

尽洒人间

作于二〇一三年中秋

春天

春天是一种声音

从天边滚滚而来的

低沉且撼动天籁的雷声

在云与雨的絮叨下

溪流解冻而奏响的淙淙琴音

春天是一种色彩

是草场随心绽放的一丝鹅黄

是花芽细微舒缓的一点胭脂

如夜幕中飞舞的几多萤色

似暴雨后惊艳的无尽天青

春天是一种气息

是毛孔吐纳的神秘体味

绕梁回旋的一馨芳香

是大地伸展发射的一阵微波

在山谷荡漾的岚岚雾霭氤氲

春天是一种奉献

将隆冬酿成了醴酿

云化成不渐不沥的细雨

随风潜入人间

给夏日端上一桌

色香味全的丰盛佳馐

春天是一种爱情

在杨柳与风的摇曳中

在蝶与花的缠绵时

带着生物本能的

荷尔蒙的激荡

成一幅鸿飞鸾舞水墨交融的丹青

到底春天是什么

春天只是自己

是物理常然的四季律动

春天也是我们

是你我他平常亦不平常的

一场美梦

二〇一四年二月朱炳仁作

炀帝泪

杨广浩浩志

帝皇烈烈贵

长河吐鱼龙

琼花含玉蕊

科举自我举

难料举几辈

六部从今部

未知错与对

唯有运河魂

天地洒光辉

不求当朝兴

只愿砌丰碑

河工百万计

天悲又民悲

倾国复倾朝

斗转社稷摧

有心吞河汉

无力挽大隋

后朝贬前朝

龙舟作原罪

南北通五江

钱潮气若雷

滔滔大运河

谁见炀帝泪

隋帝杨广，兴科举、设六部、修长城、通运河。开疆辟土，一世戎马。以之聪慧，应知大运河开掘之艰，必重伤当朝元气，其不惜逆势而上，为后世造福，终建千秋功业，遍青史所述竟少有帝者可及。甲午仲秋，朱炳仁作于北京故宫乾隆花园。

无极之熔

谁将我俩揉在一起

是山是海

谁将我俩扔进熔炉

是地是天

雷火拥抱着我

闪电撕裂了你

这一刻

你是巾帼

我是英雄

我们在等待

等待着山呼海啸

等待着狂波巨澜

席卷心灵福祉

耕耘时空云霞

熔融了北斗星辰

熔化了南柯河汉

在通红的熔炉中

翻滚着

沸腾着

饕餮里极限自由

窒息中无极升腾

终于

一汪铜水

喷薄而出

你铸就了我的通灵

我熔入了你的丹田

甲午年九月朱炳仁于北京香山

167

人是什么

人是什么

在很多时候

在很多时期

人是一种工具

人是一种力具

君不见

人力资源

人力资源调配

人力资源规划

人力资源成本

自从美国人康芒斯后

自从欧洲人德鲁克后

人力资源一词横行

人作为一种资本

不再羞羞答答

人力终于

在学术层面上

不仅仅在实际价值上

恭喜了

与马力、畜力、财力、物力

取得了同样地位

中国也不甘人后

不仅引进理论

而且处之实践

干脆建一个权力机构

人力资源部

设一种职称

人力资源管理师

人当然要管理

人是一种材

木材、石材、钢材、人材

通过管理

成为铺路石、螺丝钉

或者伟大的

栋梁材

活生生的个人

在管理师的管理中贴上了

抽象的、集体的、附庸的标签

别责怪他

因为这包括

管理师本人

也是人材

而且是经过考核的人材

人是什么

恭喜了

朱炳仁写于甲午年夏至

王羲之痛哉

是日也

右军与我会与此地

列坐一觞一咏

畅叙幽情

右军曰

今心如兰亭曲水

俯仰人生莫不感慨

尤以斯文

总令余静躁不已

知朱君游目骋怀俯察品类

可随化万殊以极羲之视听

我曰

羲公兰亭"修禊"

一纸《集序》一举成名

以茂林修竹之盛

得崇山峻岭之尊

陈迹映带左右

后之览者

无不向之所欣

天下第一行书

当以丝竹管弦庆之

右军大呼痛哉

此《禊序》系少长荐之

余一时兴起

修短随化书此草稿

三百余字

无和畅之惠风

有暮春之倦色

虚诞妄作如此相如

岂非生死亦大矣

我闻之失色

羲公何出此言

右军形骸大变

夫怀会稽以抱山阴

以清流激湍为信可乐也

书稿事异世殊

少白鹅之咸集

缺天浪之永和

涂抹癸丑

错漏崇山

此书仅展于一室之内

现放浪引宇宙之大

岂不有辱斯文

后之视今

亦犹今之视昔

如此涂鸦之作

时人万不可学步

求朱君合契群贤

当终期于尽

羲之言毕

我突然梦觉

虽趣舍万殊

亦于怀悟言

录其所述

临文嗟悼

望君莫认

齐彭殇为妄作

山阴山阳均系自然

黄庭白鹅仅当其欣

叹今之书家陈迹

不知老之将至

以造神而快然自足

谁识羲公之痛乎

悲夫

史上对右军的书圣地位也不乏争议，书法史看，从"二王"到唐太宗大约 300 年间王献之的位置或超越了王羲之，王羲之是性格雅直，宦情淡薄的一代大家，谦卑过人也乃自然之事。朱炳仁作于 2014 年 8 月 9 日高铁由京返杭途中。

他没有说

风穿梭着

你看不到

树叶看到了

他没有说

摇出一派风情

光穿梭着

你看不到

树叶看到了

他没有说

编出一片光影

雨穿梭着

你看不到

树叶看到了

他没有说

凝出一碧晶莹

我穿梭着

你看不到

树叶看到了

他没有说

护出一生绿荫

朱炳仁作于 2014 年秋

孩子你是银河系的人

孩子

到我们这一代

人类在地球上

已二百万年了

二十年一代

足足十万代

从人猿到猿人

从北京人到北京的人

我们做的好事就不说了

没有这十万代的繁衍

也不会有你啊

孩子

我们做的坏事

说得婉转点

我们做的错事

真没法说了

一手耕耘

一手作贱

我们还做着美梦

可地球做着噩梦

地球做着噩梦

美梦肯定也是噩梦

好在天下大着呢

天下代有人才出

孩子

你的天下在银河系

你会说在地球也算在银河系

白马非马你该懂的

地球是白马

银河才是马

下一个二百万年

下一个十万代

孩子

你和你的孩子

是银河系的人

不过

不要以为

银河比地球大多了

再大的家业也经不起

这十万代的糟蹋

别忘了

这句话

作于 2014 年儿童节前

寻找

我寻找

杭州富义仓的榫卯

我寻找

北京南新仓的马槽

一千七百九十四公里

京杭大运河前世今朝

威武帝吴王夫差

在邗沟弄锹动镐

为江山列兵运刀

留下了几多断肠号

犀利哥隋帝杨广

动百万河工

取直南北河道

千秋功劳

却因水殿龙舟

舞尽了一代王朝

谁挥鞭所指

海河、淮河、黄河、长江

直奔钱江大潮

两大文明

深情拥抱

是帝皇天骄

还是河工船艄

往事嗟沧沧

今朝申遗了

万根纤绳

穿起大运河线装书稿

鸿篇巨作

已让世人见到

千秋记忆作波澜涛涛

我走上陌陌古纤道

我埋首七孔广济桥

我依然在寻找

寻找

拖动运河大船的新的纤道

寻找

跨越星河银汉的又一拱桥

我寻找

大运河申遗成功，我幸运地参与其中，人民日报海外版发表了长篇文章——《朱炳仁谈大运河申遗，一路坎坷一路歌》。2014 年 7 月 4 日于杭州京杭大运河畔，朱炳仁感而诗之。

黄亚洲

朱炳仁铜雕博物馆

能够对青铜作出解释的中国人，据我所知

有两位，一位叫商纣王，一位叫朱炳仁

商纣王用鼎，用模铸的方法。把铜

解释成一个国家。他熔炼的时候

用了很多人血

朱炳仁是当代人，他用诗，用雕琢的方法

把一种金属，命名为艺术

他认为世上一切金光闪闪的东西

185

都是铜，包括阳光

大到山峦楼塔，小到花草虫鱼，他的手艺

无处不在，除去炮弹和子弹

将"同源桥"送台中，将佛祖送各大名山

至于崭新的雷峰塔，必须留在西子湖畔

因为白娘子要赶回来跟他握手，双眼流出

全体杭州人的泪水

他的皮肤一直亮着铜的光泽，他是

铜业朱家第四代，他正在把这种细腻的光泽

传给他的儿子，他需要留一点时间

跟我谈诗，诗是铜的皮肤

他马上还要赶去北大，与余光中对谈

试图用他的《云彩》，拂去

余光中的《乡愁》，他可能认为

《乡愁》只是同源桥之前的铜制品

那天我若是带着相机，他每一次的呵呵大笑

脸上那些笑纹，其实都是最新的铜雕作品

其中有一幅

可能得奖

跋·稻可道 非常稻

老子曰："道可道，非常道"。就是说，道是不能道的，如果道可道，则非道也。

在大上海楼宇巍峨的世贸商城内，以"稻可道，非常稻"为题，作者种起稻来了，无疑是借老子道德经首句之义；种稻当然是值得说道的，但这里种的并非平常之稻，是熔铜艺术之稻。虽"稻貌"岸然，可其意貌之外。犹以今日，几多田地"稻貌"已改，多为弃种稻而种楼。谁知儿孙来年，何地掌稼盘中餐。

老子之言，我看应有另一断句，则"道可，道非，常道"。就是说，什么是常道，应该包括可行之道，道可，不可行之道，道非。那么"稻可道，非常稻"，亦当另有断句，为"稻可，道非，常稻"。我释之为：稻太重要了，离开稻，什么道理都不是，这是常识，常理，记住常稻。人们在欲望驱动下，已不知常识，不顾常理了。记住常稻，且不仅是常稻。这是作者在本届艺博会上种"非常稻"之良苦用心，君知否。

作于二〇一二年十月三十日

策　　划:朱军岷　陆　宁

责任编辑:薛岸扬

封面设计:孙　昊

责任校对:闫　宓

图　　片:蔡荣丰　金　燕

图书在版编目(CIP)数据

乡语/朱炳仁 著. -北京:人民出版社,2015.1

ISBN 978－7－01－013593－9

Ⅰ.①乡…　Ⅱ.①朱…　Ⅲ.①诗词-作品集-中国-当代　Ⅳ.①I227

中国版本图书馆 CIP 数据核字(2014)第 111064 号

乡　　语

XIANGYU

朱炳仁　著

人民出版社 出版发行

(100706　北京市东城区隆福寺街 99 号)

北京盛通印刷股份有限公司印刷　新华书店经销

2015 年 1 月第 1 版　2015 年 1 月北京第 1 次印刷

开本:710 毫米×1000 毫米 1/16　印张:12.75　插页:8

字数:150 千字

ISBN 978－7－01－013593－9　定价:38.00 元

邮购地址 100706　北京市东城区隆福寺街 99 号

人民东方图书销售中心　电话 (010)65250042　65289539